福の思い出

広沢 茂保
Shigeyasu Hirosawa

文芸社

福の思い出◎目次

うちわ

七月に私が住んでいる堺市御池台の小学校校庭で盆踊り大会があった。舞台が設けられ、歌い手さんの河内音頭に合わせて踊りの輪が次第に大きくなっていった。

こんなとき、うちわが目立つ。うちわで拍子をとったり、浴衣の帯にうちわを差して踊っている人も。

私が田舎にいた高校生ごろまでは、お得意さんの店がお中元にうちわと手拭いを配っていた。

うちわにはちゃっかりと店の名前が書いてある。どの店も競って目立ったうちわを配っていたが、これも宣伝の一つだったのだろう。

アサガオや金魚、スイカなどの絵がうちわに描かれていて、その絵をじっと見つめていると涼しく感じるような気がしたものだ。

七輪の火をおこすのにもハエや蚊を追っ払うのにもうちわは重宝した。

扇風機が出回り、冷房がゆきわたっていってうちわの中元はなくなってしまった。

いまでは、うちわは生活の必需品ではなく、遠い昔のものになり、過去に活躍した思い出の品になった。

私の部屋に買ったものか、もらったものか知らないが、一本置いてある。まあ使うことがないだろうと思いながら、ちょっと手にとってパタパタと顔をあおいでみた。骨の張り具合など、よく考えて作ったものだと、改めて感心する。うちわの風はやわらかく、やさしい。これが主役だったなと、往時に思いを巡らせた。

そのうちわが、盆踊りにはあちこちで顔を見せる。そして生き生きしているように見える。盆踊りに欠かせないアクセサリーに変わったのかなあ。

（平成十六年八月二十一日）

夏のビール

ビール党だ。夏のビールはとくにおいしい。汗をかいた後や風呂上がりに飲めば、のどを潤しさっぱりする。コップに二、三杯ぐらいは一気に飲み干せる。冷えた苦味は何とも言いようがない。

近年、ビール会社は、新製品を次々に売り出してシェアを競っている。消費者は少しでも値段の安いビールを求め、酒店よりディスカウントショップやスーパーで買う人が増えてきた。

勤めていたころ、居酒屋ばかりでなく時おり、屋上ビヤガーデンにも行っていた。ビルの屋上から下界を見下ろしながらジョッキで飲むのも格別。道を走っている車は豆粒ほどに見え、日暮れとともに一斉にネオンが輝く。別世界で飲んでいるように思え、浮き世のことを忘れていい気分になる。

酔いが回って電車で帰る途中、降りる駅を一駅か二駅、行き過ぎてしまい、タクシーで帰宅したことが何度あったことか。車内の冷房が気持ちよく、ついウトウトしてしまったのだろう。タクシーの運転手にこの話をすると、この辺で気付いて降りればまだましな方だと言う。

家では缶ビールを飲み、居酒屋では瓶か生ビールを注文する。だが、年々少量になってきた。飲み友達も以前は酔っ払うほど飲んでいたのに、いまでは話をするのが主流になってしまい、おとなしく帰っていく。

京都の鴨川の納涼床で飲むのもおつなものだ。川のせせらぎを聞きながら夕方から飲み始めるのがよい。川から吹き上げる夕風にあおられて一層涼を呼ぶ。話も弾んでもう一杯となる。この五、六年床遊びに行っていないが、今年の夏は友人四人と床で飲むことを約束している。床での涼を十分楽しんでみたい。友人も心待ちにしている。左党にとってビールは夏バテに欠かせないカンフル剤である。

（平成十三年七月二十一日）

私の散歩道

私の散歩には三つのコースがある。そのうちの一つ、お地蔵さんにお参りし、公園でおにぎりを食べて帰るコースを取り上げてみた。

これはざっと一時間半かかる。午前十一時半ごろ家を出、歩道をしばらく歩いていくと石段に出くわす。十二段上がっていく。すると一面、荒れた畑地の隅に据えられた赤い前垂れをしたお地蔵さんに出会う。

そばの木の枝に箒が二本と熊手が一つ吊るされ、いつ行ってもきれいな花が供えてあり、掃き清められている。

お地蔵さんのそばの立て札に「このお地蔵さんは村や街の人を守って下さいま

す　水差しなどを壊すいたずらをしないで下さい　お願いします　お願いします
真言　おんかかびさんまいそわか」と書いてある。

真言を唱え、手を合わせると何だか有り難い気持ちになる。十円玉を賽銭箱に入れ、また歩く。二十分も歩くと遊歩道に出る。あちこちからウグイスの鳴き声が聞こえ、若葉が鮮やかだ。

スーパーに寄っておにぎり二つとお茶を買う。近くの公園のベンチに座って食べていると、ハトとスズメがエサをねだって群がってくる。落ち着いて食べられない。

ご飯つぶをまいてやると、ハトばかりが食べてスズメは遠慮がちに見ている。弱肉強食の世界では仕方あるまい。二度目からはスズメにも食べさせようと、パン粉一袋を買ってまいてやるようにした。

遊歩道を歩いて帰るなり、老人福祉センターの風呂へ汗を流しに行く。家から歩いて七、八分のところ。堺市民で六十歳以上の人なら証明書を窓口に出せば誰でも入れる。

銭湯のような広さで設備もよい。風呂から上がれば、今夜はビールにしようか冷酒にしようかと頭をめぐらす。たかが散歩でも楽しみがあると続くものである。

（平成十六年五月十五日）

年を取るのは平等

近年、春がきたと思ったらすぐに暑くなり、秋になってやっと涼しさを感じるとにわかに寒くなり、四季の移ろいが忙しい気がする。

のんびりしていた子供の頃は、お正月がくるまでが長かった。当時、学校から帰れば戦争ごっこ。大将だの中将だのといって上級生が威張りちらしていた。

小学校二年生のとき終戦になる。入学時は国民学校といっていた。

戦後は民主主義教育になり、総理大臣になりたいなど、大きな夢を持っていた。

大人になって、世の中、甘いものではないと悟る。夢から現実へと変わっていく。

自分が若いときには五十を過ぎた人が食後、爪楊枝を使ったり、入れ歯の話をしたりしているとおかしかったものだ。

それが五十代になると、自分もこの道を通らなくてはならないのだと分かってくる。

私は今年の十月、六十七歳になる。八十近い顔見知りの人から「六十代はまだ若く、自由で一番いいときだ」といわれたことがある。

だが、もう老齢者だ。堺市から介護サービスを受けられる介護保険証を貰っている。

私が住んでいる地域では、敬老の日に六十五歳以上の人は自治会から祝ってもらう。

まだ老人扱いされる年でもないのにと思っていても、社会の仕組みに従わざるを得ない。人生の転機だと思った。それも終わりに向けての転機、最後の曲がり角かもしれない。

年を重ねるごとに寝ていても夜中にトイレに行きたくなるし、朝四時過ぎには目が覚めてしまう。

ウオーキングをしていたのにだんだん速度が遅くなり、近頃は散歩になってしまった。

子供のときに待ち遠しかったお正月も年々早く感じられ、一年がたつのもあっという間だ。年を取った証拠だろう。

これからは寝た切りにならず、ぼけずに気楽な生活を送りたいと願っている。


（平成十六年六月五日）

我が家にきたカリー

我が家にプードル犬がきてから一年九カ月になる。黒の雄で十一歳。名前はカリー。

一昨年の夏、妻の甥から「広島の友人が引っ越すので、三匹いた犬のうち二匹は引き取ってもらった。このプードルは年取っているので貰い手がない。保健所で処分するというから助けてくれないか」と電話があった。

突然のことで躊躇した。犬は今まで五匹飼ってきた。もうご免だ。いったん断ったが、妻が可哀想だからと引き受けてしまった。

暑い盛りの七月末、甥がカリーを車に乗せ、広島から連れてきた。途中、ミネラルウオーターを飲ませ、ドッグフードをやりながら機嫌をとってきたという。カリーはかごの中に入れられ、警戒してなかなか出てこようとしない。水とひとつかみほどのドッグフードを見せ、「カリー、カリー」と呼んだ。やっとのこと顔を出し、かごから出てきた。少しぐったりしている。しばらく私の部屋で昼寝を共にした。私や妻がいないと吠える。夜に吠えたら近所に迷惑を掛けるからと、妻と交代で部屋のソファで寝たこともあった。カリーはうちにくるまで部屋の囲いの中で飼われていたそうだ。カリーが安心して慣れてきた頃、庭に放してやった。走り回って喜んだ。そのうち犬小屋に入るようになり、すっかりうちの犬になった。一日に一回、五、六分抱いて「夕やけこやけ」など童謡を歌ってやる。カリーのくつろぎのひとときだ。

犬はお座りやお手を教えると覚え、敏感で賢い。飼ってみると世話をするのが大変だが、癒しになる。

犬を簡単に捨てたりする飼い主の気持ちが解せない。いまではカリーを引き取ってよかったと思っている。

（平成十六年四月十七日）

人生、朝霧のごとし

一昨年の十一月、有馬温泉で小中学校の同窓会があった。その年にU君が他界した。

享年六十五歳。U君は東大阪に住んでいた。

同窓会は大阪、兵庫に住んでいる同級生が運営に当たった。観光バスやホテル、会計、写真係など、それぞれ担当を決めていた。

「バスとホテルの交渉はオレがやるから任せとけ」とU君はとりわけ張り切っていた。

中華料理で昼食後、新神戸駅で散会にしていたので、四月に南京町の中華店を下見し、食事をした。

そのとき、U君は以前よりやせているように思った。ビールをコップに半分だけ飲み、料理にも手を付けず、近ごろ食欲が落ちたという。

そして六月に胃がんで入院、八月に亡くなった。そんなに悪かったのなら自覚症状があったろうに……。早期発見、早期治療をしていたらなあと悔んだ。がんが転移し、手後れだったそうだ。

葬儀には同級生十一人が参列し、棺に一人一人が菊の花を入れて見送った。

U君は小学生の頃はかけっこが速く、中学ではバレーボールの選手だった。

同級生が亡くなるのは寂し過ぎる。同い年なのでよけい死に敏感になる。それにしても六十五歳はちょっと早過ぎる。

ひと頃、「亭主元気で留守がいい」が流行語になった。これなら増しだ。年を重ねれば「濡れ落ち葉」になってしまう。

私にもいつどんなことが起こるか分からない。妻より先にあの世に行けたらいいのだが……。

子供の世話になろうとは思わない。気をつかって生きるのはご免だ。八十を過ぎて生きているとすれば、老人ホームにお世話になろう。そんなことをふと、考えることがある。

やがてU君の三回忌だ。

（平成十六年四月三日）

とくちゃん

うちの斜め向かいの家にとくちゃんがいた。正確な氏名は忘れてしまったが、みんなとくちゃんと呼んでいた。確か小学四年生のときに隣町から引っ越してきたように思う。

とくちゃんは私より一学年上級生。

とくちゃんはすばしっこく、川魚のつかみ取りや木登りが上手だった。

水がぬるむ春になると川へ行き、石の中へ両手を入れ、眠っているハヤやウグイをつかみ上げて大得意になる。何匹取っても「今晩のおかずにする」といって、一匹も分けてくれなかった。

秋には山に行ってするすると木に登り、柿やアケビを取って独り占めにする。私がやっとの思いで柿を一つ取れば、とくちゃんはもう五つも六つも取ってにやにやしている。

「少し分けてくれないか」というと、「何かと交換なら……」と意地悪そうに笑う。私はアケビは一個も取れなかった。とくちゃんはアケビのタネをペッペッと口から出し、うまそうに食べてみせる。せっかく付いて行ったのに悔しくてならなかった。


梅雨どきの六月だったと記憶している。

とくちゃんと梅林へ行って梅の実を取ろうとしたら、どこかで「コラッ」と、大人の怒鳴り声がした。

とくちゃんは素早く逃げてしまった。私はもたもたしているうちに捕まえられ、「よそのものを取るのは泥棒だ」と叱られた。叱られた後、両手にいっぱい梅の実をもらった。

隠れていたとくちゃんがのこのこ出てきて、もらった梅の実をうらやましそうに見ている。

「何かと交換ならあげてもいいよ」といってやった。

とくちゃんは中学三年生の頃、里子に行ったと聞いている。

とくちゃんはいま頃どうしているのだろうかと、思うことがある。

（平成十六年三月二十日）

メジロ

冬の間、メジロがミカンを食べに我が家の軒下にやってくる。冬場はエサが少なく、メジロも食べ物を探すのが大変なのだろう。

十二月に入ると、台所の窓際近くに二十センチ四方のかごを吊るす。このかごの中へ、半分に切ったミカンを入れておく。メジロは待ってましたとばかり、ミカンを食べにくる。

この仕掛けを始めてから十年になる。当初はメジロがくるなんて思ってもいなかった。

メジロは漢字で書くと目白。読んで字のごとく、目の周りが白い。念のため天王寺動物園の飼育係の人に聞いてみたら、やはりそれが名前の由来だという。人や動物、鳥、植物など、名前には何かの由来がある。

メジロはいつも、つがいできて、一羽が食べている間、もう一羽はそばの枝に止まって待っている。

十分味わったころ交代だ。日が暮れるまでミカンの近くから離れない。

初めはミカンを木の枝にさしていた。メジロが食べているとき、きまってムクドリやヒヨドリがきて邪魔をする。

ムクドリやヒヨドリは食い散らし、すぐにミカンを枝から落とす。

メジロに食べさせようと、ムクドリ、ヒヨドリを追っ払ったが、追いかけごっこ。

どの鳥にも食べさせたいのだが、小さくて可愛いのにたくさん食べさせようとするのが人情だ。

ミカンをかごの中に入れてからは落とさなくなった。名案だった。

ミカンをやるのは二月末まで。三月になるとジンチョウゲやツバキなどの花が咲き、その蜜を求めてメジロはどこかへ行ってしまう。ミカンには目もくれない。メジロ。目の周りが白いからメジロ。名前からして可愛い。冬になったらまたおいで。待ってるよ。もう春だ。

（平成十六年三月六日）

紅

我が家に紅《べに》という名の雌猫がいる。白色の毛並みで、中型よりやや小さめのときに拾ってきて、いま十五歳になる。

以前、ゴロという雄の柴犬を飼っていた。ゴロの散歩をしているとき、小学三年生くらいの男の子三人に、草むらで横たわっている紅を飼ってくれないかと懇願された。

紅は右首に五、六センチの傷があり、出血していた。猫同士けんかして引っかかれたように思われる。

かわいそうになり、家に連れて帰った。妻が軒下に箱を置き、ひもでつないで毎日消毒液で傷口をふいてやった。

二十日もたつと傷が癒えた。元気になったのを機に紅は家出した。やはり外がいいのだなあと、半ばほっとしていた。

四、五日たって、勝手口でニャー、ニャーと鳴き声がする。見ると紅がやせこけて帰ってきた。

どこをうろついていたのか、いまさら追い出すわけにはいかない。台所の隅には金太という雄猫がいたので、紅は納戸で飼うことにした。

金太はよく水を飲む。朝、どんぶりにいっぱい入れてやった水を夜までに飲んでしまい、また水を足してやった。

金太は二十二歳の今年二月、大往生した。人間の年なら百歳を超えている。

金太が死んでから、あまり水を飲まなかった紅がよく水を飲むようになった。いままでならどんぶりくらいの容器に水を入れてやっても半分も飲まなかった。それなのに、夕方までにはきれいに飲んでしまい、金太と同じように水を足している。
二つ置いてあるトイレは朝夕おしっこでびしょびしょ。水をたくさん飲むようになった紅が不思議でならない。金太の霊が紅に乗り移ったのではないかと、妻と話している。

（平成十五年十一月一日）

実りの秋

小学生の頃、実りの秋になると農繁期休みが一週間あった。ちょうど稲刈りの時分で、農家は猫の手も借りたいほど忙しく、学校を休みにする。いまでこそコンバインで、刈り取りから脱穀まで一気に済ませてしまうが、当時は手作業だった。

私が住んでいた山村はほとんどが農家の子だった。都会の子には農繁期の休みなんてピンとこないだろう。農家でない子はほんの数人いて、わたしもそのうちの一人だった。

休みには近所の親類の農家に行って手伝いをした。鎌で稲を刈るのは無理なので、刈り取って束ねた稲を、〝はさ〟まで運び、大人に手渡すのが私の役目だ。朝から日が暮れる頃まで働き、夕ご飯をごちそうになる。おかずに焼き魚やてんぷらなども出してくれたが、卵かけご飯に漬物が一番おいしかった。

農繁期休みが終わり、学校へ行くと教室で担任の先生から「しっかりお手伝いをしましたか」と聞かれる。どんなお手伝いをしたか先生から一人一人尋ねられた組もあったという。

稲が穂を垂れる頃は、友達同士、誘い合わせてイナゴ取りに田んぼへ行く。イナゴをかごや袋に入れて帰り、フライパンに醤油をたらし、炭火で炒って食べる。香ばしく、パリパリしておいしい。いいおやつになった。

四季を通じ、イタドリや桑の実、野イチゴ、アケビ、クリなども取りに行った。いまでは田舎でもお金を出せばおいしいおやつが何でも買える時代だ。その半面、自然との触れ合いが少なくなってきた。できるものなら私の子供の頃の懐かしい思い出をいまの子に味わせてやりたいと思う。

ことしは冷夏で実りの秋はあまり期待できないと聞く。

（平成十五年九月六日）

アジサイ

雨の日はうっとうしい。何かの用事がない限り、家に引きこもっている。こんな日はテレビを観たり本を読んだりする。

雨に濡れるのはいやだが、雨の降る夜は心が落ち着く。不思議によく眠れる。雨音が子守り歌のように聞こえるときさえある。

子供のころは雨が降れば、番傘をさしていた。雨をパシッ、パシッと跳ねかえすのが面白いように思えたものだ。傘には筆で屋号や名字が書いてあった。

一年を通して雨が多いのはやはり梅雨の期間だろう。そして小暑ごろから蒸し暑くなってうんざりする。

この頃、アジサイが真っ盛りだ。雨に濡れたアジサイは風情があって心が和む。青やピンクの花からポタッ、ポタッと雫が滴り落ちる。それを見ていると、つい物思いにふけったりする。

若い頃はアジサイを見て感動することなどなかったが、いまになってアジサイの味わいがわかったような気がする。

十年も前だったように思う。アジサイ寺で知られる奈良の矢田寺《やたでら》へ行ったことがある。

時季がまだ早かったのか、その年はアジサイが咲くのが遅かったのか、満開の花は見ることができなかった。

せっかく行ったのでお寺の精進料理を食べた。麦飯でいただき、後で果物が出て二千五百円。いい値だなあと思った。

それでもお昼時分には見物人が詰め掛け、順番待ちだった。普段ならあぐらをかいて食べるのに、ここではかしこまって食事をしたのでちょっとおかしかった。
「ははあ、これがアジサイ寺か」と、知っただけでも世間が広くなった感じがした。

夜に雨が降った翌朝は空気がおいしい。外に出ると大気の汚染されたものが洗い流され、すがすがしい気持ちになり、つい深呼吸したくなる。

（平成十五年七月十九日）

旅館からホテルに

中学三年のとき、卒業記念に京阪神へ修学旅行した。昭和二十七年の春だった。山村で生まれ育った私は、二泊三日の旅行に胸がときめいた。夕方の修学旅行専用列車に乗り、翌朝大阪駅に着いた。

見渡す限り建物ばかりの大都会にびっくり。

旅行に行く前、先生から迷子にならないよう落ち着いて行動するように、と注意され、二列に並んで歩いた。

どこをどのように行ったかは思い出せない。道頓堀のネオンの輝きや奈良の大仏さん、天王寺動物園、神戸の元町商店街などはうっすらと記憶している。

いまの修学旅行生はホテルに宿泊するのが当たり前になっている。当時は旅館だった。畳の広間でみんながずらっと並んで食事をし、寝るのもその部屋である。先生は食事や寝るのも生徒とは別の部屋だ。誰かが先生の部屋をのぞいたのだろうか。

「先生は一杯飲んでいる」

生徒に神経を使ってばかりいては一杯やらねば気が休まらなかっただろう、といまになって思う。

観光地にはどんどんホテルが建っている。何もない田舎はいつまでたっても旅館である。

私の従弟の家は二年前まで田舎で旅館をしていたが、客がなく廃業した。子供の頃はその旅館によく泊まり掛けで行った。電気工事や道路工事の人、富山の薬売り、旅回り役者らが泊まっていた。

お客があるとおばあさんがニコニコしている。こんなときは私も刺し身などごちそうになった。朝、客が帰るときはお茶を出して笑顔で送り出す。旅館はホテルと違って客は女将やお手伝いさんと家族のように接し、心が和む雰囲気がある。しかし時代は変わったものだ。いまでは田舎でも温泉地はホテル式の、設備が整った国民宿舎が利用されている。

（平成十五年七月五日）

ぶらっと高倉寺へ

四月末に堺市にある泉北の高倉寺へ行ってきた。

高倉台の電器店に用があり、せっかく寺の近くに行ったので高倉寺にお参りした。

泉ヶ丘駅から二十分も歩けばお寺に着く。

電器店に寄ったのがお昼前。店主がコーヒーを出してくれ、「おでんにビールはどうでっか」と勧めてくれたが、ビールは遠慮した。

コーヒーやおでんは店の新製品でこしらえている。なかなかの味だった。

店を出て五分ほど歩いたところに高倉寺がある。日が照っていたので体が汗ばんだ。

石段は数が少なく上がり易い。真言宗一等格院と彫った石塔が建っている。空海に由緒ある寺だ。

境内の木陰で弁当を広げている家族連れがいた。辺りはしんと静まりかえっている。

お堂が三つあり、本尊の賽銭箱に百円玉をポイと投げ入れて拝む。

お堂は誰かが戸を開けたのか、少し開いていて障子が破れている。中をのぞくと仏像が三、四体、見えた。

掃除をした形跡もなく、仏像が悲しんでいるような気がする。

鐘楼は「長寿の鐘、一人一つずつついて下さい」と書いてある。だが、鐘つき棒がない。お坊さんも見なかった。

お参りする人があまりいないのかもしれない。木造の建物が建設途中、工事は中断していた。

寺の裏へ回ってみると山林で、セキレイやキジバトなど鳥がバタバタ飛び交っている。
鳥にとっては楽園のようだ。
何とか改修できないものかと思いながら寺を後にした。

（平成十五年六月七日）

水泳

夏がくると子供のころの水泳を思い出す。

いまは田舎でも学校にプールがあるが、山村で育った私は川で泳いでいた。泳げるようになったのは小学二年生のときである。当時は人の手を借りず、自分で泳ぐことを身につけたものだ。

雨上がりの日で水嵩が増した時分、上級生に連れられて川に行った。泳げるようにしてやるからと、私をいきなり深みに連れていき、手を放されアップアップ。上級生はじっと見ているだけで助けてはくれない。必死になって手足をばたつかせ、浮いたり沈んだりした。

手足をバタバタさせているうちに浮くことを覚え、どうにか岸辺にたどり着いた。上級生はそれを見届けて帰ってしまった。

それ以来、自由形、平泳ぎ、背泳ぎもできるようになる。

戦後、間もない頃だった。古橋、橋爪選手が世界新記録を樹立、日本に明るい灯をともしてくれた。

そんなこともあって、子供同士よけい水泳が盛んだったような気がする。

夏休みは昼食後、小、中学校の高学年、低学年ともそれぞれ誘い合わせて泳ぎに行く。二手に分かれ、岩場から飛び込んでリレーをしたり、学年別に各種目の競技をしたりした。

四年前、叔父の葬式があったときに従弟が、子供のころ、私に川の淵に連れて行ってもらったことがあるという。初盆のときにもまたそのことをいった。

そんなことはすっかり忘れていた。よほど怖い目にあわせたのだろう。そうだ、泳げるようにしてやろうと深みに連れて行き、後でそれを知った祖母に叱られた記憶がよみがえった。

いまでは学校で先生が指導してくれ、水泳教室もある。昔の子とはえらい違いだ。

（平成十五年五月十七日）

十人十色

人は様々である。

親子や兄弟、姉妹でさえ好み、考え、性格が違う。

米英とイラクの戦争でも皆が賛成ではなく、反対の人もかなり多い。

我が家を例にとってみると、長男はチャランポランな性格だった。部屋の中が散らばっていても平気で、片付けようともしない。一方、次男の方は机の上の本が横になっていたら、真っ直ぐに直さなければ気が済まぬきっちり屋だった。

次男が子供の頃、長男と顔が似ていないというので、友達から「お前、橋の下で生まれたんやろう」といわれたそうだ。泣きながら帰って来た次男が「橋の下で生まれたんか」と本気で尋ねたことがある。

ところで、私が小学校高学年の頃、体育の時間になると晴れた日は、決まって十キロマラソンをさせる先生がいた。K君はこの時間を待っていたように校庭へ飛びだす。結果はいつも一番だった。

毎年秋にある村民体育大会で、中学を卒業したK君は大人に交じってマラソンの部に出場し、一番のテープを切って得意満面だった。

T君は歌が上手だった。童謡や唱歌、流行歌までよく知っている。学校から帰ると自宅の前で大きな声で歌う。T君が歌っているのを聞いて私は何曲も歌を覚えた。

中学校三年のとき、学校で「三つの歌」の大会があった。「三つの歌」は当時、NHKの宮田輝アナウンサーが司会するラジオ番組で、童謡、唱歌、流行歌をピアノの伴湊に合わせて歌う。出場者は曲が始まると、上手、下手なく、歌詞を三曲歌えば完璧。一曲しか歌えない人、まったく歌えない人ら、様々で、これが面白くよく聞いたものだ。それを学校で真似た。全校生の各クラスから代表一人が選ばれ、ピアノに合わせて三曲歌う。歌詞を間違いなく歌い終えると合格。T君はすらすらと三曲見事に歌った。誰でも何か特色があるものだ。

それぞれ好みも違う。赤が好きな人がいれば黒の方が好きだという人もいる。世の中、十人十色だから面白い。

（平成十五年四月五日）

酒は嗜むもの

酒は飲んでも飲まれるなといわれる。だが、若い頃は飲まれることが時々あった。

トリスバー全盛の時代は、何度か知らぬ間にタクシーに乗せられて帰ってきた。

酒はたばこと同じ嗜好品で、嗜むものだ。それがつい飲み過ぎで酔っ払い、訳が分からなくなってしまう。

初めて酒を飲んだ時、こんなものがなんでおいしいのかと思った。飲むたびに味が分かるようになり、いい気分になる。

自棄《やけ》酒や調子に乗って深酒をしたこともある。泣き上戸もいるそうだが、私は出会ったことがない。

数人でワイワイガヤガヤ飲むよりひとりでしんみり飲むのが好きだ。立ち呑みの屋台や居酒屋から焼き鳥などのいい匂いがしてくると、吸い込まれるように暖簾をくぐる。

このごろは酒量が落ち、ビールなら一本、日本酒なら二合も飲んだら引き揚げる。それもたまのことで、勤めていたころ馴染みだったスナックにも行ったことがない。

年を重ねるごとに出無精になり、家で飲んだ方が安上がりで増しだと思うようになった。

いまはなくなったが、若いころミナミのキャバレー「メトロ」へ連れて行ってもらったことがある。余興でパン食い競争があった。

太い糸が張ってあり、それにパンが吊るしてある。ヨーイドンで一斉にパンにかじり付き、僅差で二位になったことがある。賞品に銅で作った竜の置物をもらった。

二十歳のとき、松江で下宿をしていた。そこの主人は小学校の教頭さん。夕食になるとフラスコに日本酒を入れて燗をし、盃に注いでニコニコしながらチビリチビリ飲んでいた。時々フラスコに半分追加する。

いまはその気持ちがよく分かる。飲まれる前に飲むのをやめていい気分になることだ。

私も酒を嗜む仲間入りができた気がする。

（平成十五年三月二十九日）

花見

桜が咲くと心が弾む。まだつぼみだが、気象庁の桜の開花予想は平年よりはちょっぴり早いという。

花が咲く季節は身体にとってちょうどよい気温で、やっと春がきたという気がする。

陽気に誘われてあちこちが花見見物でにぎわう。

花の名所だけに人が集まるというものでもない。私が住んでいる地区でも一分咲きになると、遊歩道の桜並木にボンボリが吊るされる。

公園には家族連れや老人会の人たちが繰り出し、弁当を広げたりバーベーキューをしたりして楽しんでいる。酔いがまわるにつれ話が弾んでいく。人にはだれしも喜怒哀楽があるが、桜はあでやかで人の目を引き付ける。パッと咲いてパッと散っていくところが潔くていい。

七、八分咲きになると私も缶ビールに一合入りの日本酒を持って公園に行く。桜を遠くから眺めると、花が白っぽく見えるのに近づいてよく見るとピンク色をしている。

一人で花見をするのもしみじみとして味わい深いものだ。横で酔っ払ってワイワイガヤガヤ話をしているのを聞いて、ニヤリとすることもある。

中学生のころ、祖父に連れられて松江城の花見に行った。ござの上に一升瓶をでんと据えて団体があちこちに陣取っていた。

手拍子に合わせて安来節を歌っている人、どじょうすくいをしている人、みんな様々に楽しんでいる。

これに負けじと隣では裸踊りで競う組もあった。花見に浮かれて心が弾むとはこんな調子をいうのだろう。もしこの花見が桜以外の花だったらどうだろうか。古来、梅や菊をめでながら酒を酌むことは大いにあったが、安来節やどじょうすくい、ましてや裸踊りまで飛びだすことはまずなかったにちがいない。

（平成十五年三月十五日）

木蓮、芽吹く

裏の白木蓮のつぼみがふくらんできた。ちょうど綿帽子をかぶっているように見える。

節分を過ぎたころから花びらが開き始め、一気にパッと咲く。二本並んでいるが、どちらも満開になるとまぶしいほど見事だ。

台所から真裏に見えるのでコーヒーでも飲みながら眺めていると、至福のひときが味わえる。花が咲くとモズやヒヨドリが寄ってきて花びらをくわえ、どこかへ飛んで行く。

道行く人も木蓮に見とれ、しばし立ち止まっている。このころには小鳥があちこちでさえずり、春の訪れを告げる。

そうそう、隣家の庭には紅梅と白梅が咲いている。それで思い出したが、田舎の家の庭にも梅があり、春先には紅と白の花をつけていた。しかし残念なことに、屋根の雪ずりでいつしか枝が折れ、枯れてしまった。祖父母が大事にしていたのにと、しばらくは悔んだ。

木や花が芽吹くころになると縮こまっていた体が伸びやかになる。戸外に出てぶらぶら歩きたくなり、冬眠から目覚めたような気持ちがする。

桜の季節になると、心が浮き浮きし、あちらこちらが花見見物でにぎわう。私は一人旅でもしたい気分になるが、いまだに実現していない。

それはそれとして、昔は春と秋の期間がもっと長かったように思う。このごろは春が来たかと思えばすぐに暑くなる。初夏を飛び越えて真夏のようにカンカン照りになってしまう。

秋もアッという間に過ぎる。きのうまでTシャツで過ごしたのに、きょうはセーターが欲しい。

世の中がおかしくなったように天候まで異常になったような気がする。ともあれ今年も、季節を忘れずに木蓮が咲いたのをよしとしようか。

（平成十五年二月一日）

ヘビ

我が家のどこかでヘビが冬眠しているようだ。初夏になると毎年、玄関前のみぞや垣根のあたりにヘビの抜けがらが見付かる。

三年前の真夏だった。昼食を食べながら台所の窓にふと目をやると、ヘビが網戸を伝って屋根に登っていくのを見た。ドキッとした。頭をもたげ、のろのろ這っている。気味が悪い。どこへ行ったのか気にかかり、食事もゆっくり味わえなかった。

ヘビには縁がありそうだ。翌春、古くなった物置を新しいのに取り替えようと業者に来てもらい、古い物置を移動させるため横に倒した。何とヘビが物置に這いつくばったまま動こうともしない。

頭が少しぺしゃんこになっている。居心地がよかったのか人馴れしているのかしらないが、笑っているように見えた。きっと冬眠していたのだろう。誰も気色悪がって、脅して逃がそうとはしない。

しばらくへばりついていたのにどこかへ行ってしまった。ヘビをじっと見ていると気味悪い半面、愛敬があるものだと思った。

ヘビはグロテスクに生まれたばっかりに人に嫌がられ、殺されたりする。

小学生の頃、ヘビを見付けるとみんなで寄ってたかって石をぶつけ、棒でたたいて殺した。ヘビの生殺しはたたりがあるといい、とどめを刺したものだ。

あの頃はしっぽをつかんで振り回し、遠くへ投げ飛ばすのも平気だった。女の子が輪になって遊んでいるところへ、ヘビを放り投げた子が先生にこっぴどく叱られたという話を聞いたことがある。

ヘビが家屋に住み着けば家の主といわれ縁起が良いらしい。それでも人に嫌がられる。
ヘビにとっては人間ほど恐ろしいものはいないかもしれない。
我が家のヘビはあんなに愛敬のある顔で冬眠していたのに。
（平成十四年十二月二十一日）

チロの一生

今年も暮れようとしている。この一年、様々なことがあった。我が家では十一月十七日朝、雌犬のチロが死んだ。愛らしい目をくりくりさせ、はしゃいでいたのを時々思い出す。

チロは十七年前、人通りの多い地域会館近くの道端に段ボール箱に入れられて捨てられていた。テリアのかかった雑種犬である。左足をけがしていて縫った糸がそのままになっていた。交通事故に遭い、拾った人が持て余して捨てたのかもしれない。

箱に「この犬はチロといいます。可愛がって飼って下さい」と筆で書いてあった。近所の女の子が残飯をやっているのを見た妻が気にかけて、ドッグフードを夕方に運んだ。

二週間ぐらいたった頃、チロは妻の後ろをついてくるようになった。子犬をこのまま放っておけば衰弱して死んでしまうかもしれない。そう思った妻は思い切って連れて帰った。

庭に囲いをし、犬小屋を置いて飼った。飼い主がいるとチロも心強いのか人が近寄ると吠えるようになる。五キロほどの体でピョンピョン跳んでおどけてみせ、慰めにもなった。

幸せな日々を送っていたのに昨年春から急に足がよろよろし、あちこちに頭をぶつけて転ぶようになった。

目が見えなくなり、嗅覚も失う。時々奇声をあげる。ぼけてきた。

一日一回の食事にした。食事は缶詰とベビーボーロに牛乳を入れてやる。食べることだけが楽しみになり、食器の中に顔を突っ込んで食べている。なんとも哀れだった。

　死ぬ前夜は何度も寂しそうな声を出した。きっと家のものを呼んだのだろう。早朝、行ってみると小屋の奥で毛布にくるまるように死んでいた。死ぬ前でも小屋の外で排便をしていた。賢い犬だ。いじらしくなり、涙が出た。

　人間なら八十歳以上生きたことになる。チロ、天国でよいお正月を迎えなさい。

（平成十四年十二月七日）

高見盛

大相撲にも熱心なファンがいる。

ひいきの力士が土俵に上がると、館内のあちこちから声援が飛ぶ。

ところが、どうも近頃は満員御礼の看板が少なくなったような気がする。若貴時代が去ってから大相撲人気は下降気味のようだ。

そんななかで土俵を沸かせているのが小結の高見盛である。

高見盛は仕切り前にほっぺたをたたく。次いでこぶしで交互に胸をたたいたあと、さらに力を込めて両手を同時に上下させる。

こうしないと力が入らないらしい。この仕草が何とも滑稽に見え、観客から歓声があがる。

本人は真剣である。だから勝ったときはやんやの喝采を浴びる。

テレビのＣＭにも顔を出している。最近は金星も増え、懸賞の垂れ幕も多くなった。

相撲は日本の国技だが、いまや各国からの入門者が増えてきた。

横綱にしてもモンゴル出身の朝青龍とハワイ出身の武蔵丸に占められている。いまは国技というより競技といった方がよいかもしれない。

勝負の世界だから、強ければ誰でも横綱になれるのは当然だ。だが、横綱が二人とも外国出身とあっては国技が泣いているように思われる。

大関の魁皇、武双山は横綱候補だったのにけがをしてしまった。

プロ野球の選手もそうだが、けがをしているから仕方がないでは済まされない。けがをしないことも実力のうちではないのだろうか。

千代大海と栃東の両大関に綱取りをかけて頑張ってもらいたい。

と同時に高見盛にも頑張ってもらいたい。彼には大勢のファンの後押しがある。土俵に上がっての仕切り前のあの独特な動作で力を倍増し、ファンの声援に応えて相撲界を盛り上げてほしいものだ。

（平成十五年十一月十五日）

あこがれの星

子供の頃、七夕祭りは楽しみの一つだった。

七夕の日は祖父がこよりを縒《よ》る。手早く上手にこよりを仕上げるので、そばで見ているのと手品みたいだった。

短冊に切った色紙に「勉強ができますように」とか「家内安全」など、家族みんなが思い思いに書いて竹の枝に吊るした。

でき上がった二本の竹を縁側に飾り、団子や赤飯を供える。星が出ている天の川はうれしかった。

どの星が彦星か織姫か分からなかったのに何度も縁側から星を見上げたものだ。

翌朝、飾っていた竹を持って祖父と川へ行く。浅瀬に竹を立て、流されないように石で囲んだ。

何年か前に伯備線で出雲市へ行く途中、川に七夕の竹が立ててあるのを列車の窓から見たことがある。この光景に昔のことがよみがえった。

あのころ、金平糖に人気があった。

金平糖は駄菓子屋へ行けばいくらでもあるが、山村ではめったに手に入らない。せいぜい祭りの出店で買うぐらいで、金平糖を持っていると、子供たちの間でうらやましがられた。

ところで、阪神タイガースに赤星憲弘選手がいる。

対阪神戦をテレビで観ていると、バッターボックスに立った赤星選手に紙か何かで作った大きな赤い星を左右に振りながら応援しているファンがあちこちに目に付く。

阪神に入団した一昨年と昨年の盗塁王だ。今年は背番号と同じ53の盗塁を目指すと言っていたのに、すでにその五十三個を上回っている。この星も、七夕祭りの星と同様、阪神ファンにとってはあこがれの星だ。

さてさて「星はなんでも知っている」という歌がある。よく流行った歌だ。

一度、星になって夜の北新地界隈を覗いてみたい気がする。

（平成十五年十月四日）

一泊の入院

十一月に近大堺病院で大腸のポリープを切除した。五ミリ大のポリープ六つを切り取ったが、良性だった。

五十代のときに大阪の国立大阪病院で二度大腸ポリープを取ったことがある。初めは悪性のもの一つ、二度目は良性のもの三つを取った。

「あなたの大腸はポリープの芽がいくつもあるから毎年、注腸の検査をするように。ポリープができる体質でしょう」と医者からいわれた。

あのころはポリープを取った後、午後から出勤するなど日帰りしていた。今度は一泊の入院である。出血した場合に備えて入院してもらうという。

朝十時に入院、五人部屋のベッドはカーテンで仕切ってある。

夕方五時ごろ、内視鏡室に入った。

この間、時間が長く感じられ退屈した。午後一時を回った頃、同室の人たちの家族が面会にくる。家族と患者の会話が手に取るように聞こえる。

隣のベッドから「あんた、この頃おもらしがひどいでえ、明日おむつ持ってくるわな、おむつせなあ」と奥さんらしい声。

黙って布団を直している奥さん。ぺちゃくちゃ世間話をしている人ら様々だ。

看護師が決まった時間に巡回してきて血圧と体温を測る。

夜九時消灯だ。

困ったのは昼寝ていて夜中に起きている患者さんだ。深夜に「カンゴフさーん」と大声を張り上げる。看護師が素っ飛んでくる。「お茶が欲しい」「おしっこがしたい」などの要求にあやすように対応する。ナースコールを押せばよいのについい声が出てしまうのだろう。

翌朝と昼前に出血止めの点滴をして帰宅した。患者は良くなることを信じて入院している。最近の報道によると医療ミスが何と多いことか。三度目の手術で慣れていたとはいえ、予定通り一泊の入院でやれやれである。

（平成十五年十二月二十日）

師走

師走は何かと気ぜわしい。〈師走女房に難つけるな〉ということわざさえある。男だって忙しい。忘年会に一年中の煤払いがある。

定年後はのんびりしているように見えるが、あっという間に一カ月が過ぎてしまう。

大人はせかせかしているのに、子供にとって師走はうれしい月だ。クリスマスがあって冬休みが始まるからだ。

中学一年のときだった。クリスマスが近づいた頃、先生が教室にクリスマスツリーを飾ったらどうかと提案した。

クラスの生徒三十五人はみんな大賛成。放課後、モミの木を伐ってきて教壇の両側に据え付けた。

モールで飾ったり、葉っぱの上に綿を置いたりしてクリスマスツリーらしくなっていく。完成すると歓声があがった。

授業を受けていても落ち着かない。クリスマスツリーの方に目がいってしまう。それでも先生は注意しなかったように思う。

冬休みが終わって三学期最初の登校日、クリスマスツリーを取り除くときは惜しい気がした。

暮れの二十七、八日には大抵の家が家族みんなで餅つきをする。いまでこそお金さえ出せば餅はいつでも買える。当時は餅を食べるのは祭りか正月ぐらいで、ごちそうだった。

中学生になれば餅つきをさせられた。「手をつくなよ」と母が心配そうにいう。「ポンポン」とつくうちにだんだん調子づく。つき上がった餅は丸めてむしろの上に並べていった。

大みそかは祖母が朝からそばを打つ。あの頃、私はそんなにそばは好きではなかった。が、祖父は大好きだった。お昼も夜もそばを食べていた。夜にお節が出来上がったところで一段落、これで師走は終わりだ。明けて正月を迎える。

（平成十五年十二月六日）

月の明かり

歌謡曲や童謡に月の付く曲名がたくさんある。

パッと浮かんだものでも歌謡曲では「月がとっても青いから」「月の法善寺横町」、童謡では「雨降りお月」、「おぼろ月夜」など。

月にまつわる歌詞が多いのは月が詩情的で、人々から崇められるからだろうか。

祖父は月が出ていると寝る前に柏手を打ち、拝んでいた記憶がある。

田舎にいたころ、夜、映画や青年団の演芸大会を何度か観に行った。

片道四、五キロの道を歩いて往復した。いま思えば、夜道は月の明かりがたよりだった。

私がいま住んでいる堺市御池台の小学校校庭で、七月二十七日「みいけふる里まつり」があった。

盆踊りもあり、

〽月が出た出た月が出た（よいよい）
三池炭坑の上に出た
…………

の炭坑節に合わせ、子供からお年寄りまで手拍子よく、シャッシャッと踊った。踊りを知らない人も加わり、前の人の踊りを真似て輪はだんだん大きくなっていった。

お月さんも出ていて踊りと調和し、心も和らいだ。

子供のころ、月ではウサギが杵でもちをついている、と大人から聞いたことがある。本気になって月をじっと見ていると、たしかにウサギがもちつきをしているように見えた。

漫画の本に月の世界へロケットが発射されているのが載っていた。夢のようだったのがいまでは現実となった。アメリカのアポロが月面へ軟着陸したからだ。宇宙の時代が到来したのである。

あれから三十年にもなる。そのうち安い料金で、月へ団体旅行ができるようになるのかもしれない。

（平成十五年九月二十日）

温泉津温泉での一泊

六月末、島根の温泉津《ゆのつ》温泉に行ってきた。わざわざ行ってみるほどのことはないと思っていたが、出雲の老人ホームにいる母に会いに行ったので足を延ばした。温泉津は島根の西部、出雲市駅から特急で四十分かかる。列車は日本海沿いに走り、車窓から目をやると夕日に海がきらきら輝き、遠くに船がポツンポツンと浮かんでいた。

温泉津駅に着いたら駅員は一人だけ。宿泊する旅館の道順を尋ねると紙に地図を書き、丁寧に教えてくれた。

部屋から温泉津湾が見渡せ、眼下に船溜まりが見える。見晴らしはよいが、この旅館は温泉街のはずれにあり、内湯がないのが残念だ。

旅館から七、八分歩くと古びた温泉街に着く。街には十二軒の旅館があり、みな内湯がある。神戸新聞社御一行様と書いた観光バス一台が駐車場に止まっていたのがひときわ目立った。

源泉は二つあって、千三百年前、けがをしたタヌキが傷を癒したといわれる「元湯」と、明治時代に地震が起きて湧き出た「薬師湯」がある。どちらも高血圧、胃腸病、神経痛によく効くという。

私は二百円払って薬師湯に入った。地元のお年寄りばかり六、七人が、入湯にきていた。元湯はお湯が熱過ぎ、ここの風呂の方が湯加減がよいとのことで、私にもちょうどよかった。

温泉街は六月に国の重要伝統的建造物群保存地区に指定された。風呂から帰る途中、五十代と二十代くらいの親子と思われる二人がベンチに腰掛けていたので、この「重伝建」について聞いてみた。親父さんは「家の改築や新築ができなくなる。わしらは町役場に反対してきたんだが……」と口をとがらせていた。

夕食にビール一本をとった。タイやアジ、イカの刺し身があまりにおいしく、銚子を一本追加する。酔いが回り、すぐに眠った。

夜明けと共に船溜まりの船が出漁。さあ、こちらは朝食だ。

（平成十六年七月三日）

親子の違い

京都に住んでいる息子(長男)の長女が四月、私立中学に入学する。塾に通わせられ勉強、勉強と追いまくられていた孫娘。

元日は塾で「エイ、エイ、オー」と気合を入れ、勉強会があるというので、大みそかに両親と一緒に日帰りで私の家にきた。

私は言った。こんな苦しい思いをさせてまで私立に行かせなくても、と。でも長男夫婦は近所の友達がほとんど私立を受験するからという。

二月三日、長男から電話があった。「志望校の立命館中学に合格した」と、息を弾ませながら舞い上がっている様子だった。

三十年前、長男が小学生のとき、堺市竹城台の団地に住んでいた。そのころ、子供は伸び伸び育って欲しいというのが私のモットー。だから勉強をあまり口うるさく言わなかった。

学校から帰れば、団地の空き地で友達同士が誘い合わせ、日が暮れるまで草野球をしている。野球をしない日はプラモデルを作ったり、釣り堀に行ってフナやコイ釣りをしたりして遊んでいた。

勉強といえば宿題をするぐらい。塾など思ってもいなかった。

長男は市立宮山台中学に行った。悪ガキと一緒になり、校長さんが大事にしていた池のコイを引っ張り上げて日干しにしたこともあった。その罰に便所掃除をさせられ続けた。

こんな子が親になって我が子の教育にカンカンになるのだからおかしくもあった。その下の次女は四月、四年生になる。二年生のときから英語塾に通わせている。

私が息子に勉強をガミガミ言わなかったぶん、息子が孫に勉強を強いているような気がしてならない。
それにしても志望校に受かり、私もホッとしている。

（平成十六年二月二十一日）

昼寝が妙薬

こんなに暑かったら何をする気も起こらない。六月末から七月に掛けて真夏日と熱帯夜が続き、参ってしまった。

続けていた散歩も七月に入ってから中止している。といって、家に閉じこもってばかりいられない。

喫茶店でアイスコーヒーを飲みながら、スポーツ新聞を読んだり、妻に言われたお昼の買い物にスーパーへ行ったりしている。

一歩外へ出ると汗びっしょり。帰るとシャワーを浴びる。昼食は決まってそうめんか冷やしうどん、冷やし中華だ。

私の部屋は午後から西日が入る。暑くてたまらないのでカーテンを閉め、クーラーのスイッチを入れて一時間は昼寝をする。

目が覚めると体がしゃきっとして、これが私にとって何よりの妙薬だ。

昔は夏になるとうちわや扇子の出番だった。来客があるとまずうちわを差し出した。客も心得たもので自分が持ってきた扇子を使う。

子供の頃、夕食を済ませると各家の前へ縁台を持ち出し、大人も子供もしばらく涼んだ。

みんな浴衣を着てあちこちで線香花火に興じる。寝るときは蚊が入らないよう、蚊帳の裾をパッパッと払って床に入った。窓を開けっぱなし、布団を腹の上にちょこんと乗せて寝ていた。

先日、昼食に鰻重を出前してもらった。出前にきた兄ちゃんが「せいぜい精をつけて下さいよ。また、丑の日にはお願いします」と。

うなぎは値が張るが、スイカは安上がりだ。一玉四分の一に切ったのを毎日のようにスーパーで買ってきて妻と四切れずつ食べる。口の中がふわっと甘みに溶けて涼しさを呼ぶ。

さて梅雨が明けた。昨年は冷夏で不作だった。今年は豊作であるように。暑いのは昼寝でがまんしよう。

（平成十六年八月七日）

福の思い出

水屋の上に夫婦で写った写真を写真立てに入れて置いてある。二十数年前の四十歳ごろに住吉大社に家族連れで初詣でに行ったときの写真だ。池や太鼓橋をバックに写した写真で、だれかに撮ってもらった記憶がある。写真を整理していたらこれが気に入ったので、快気祝いにもらった写真立てに入れた。あのころは子供を連れてあちこちの神社へ初詣でに行った。

写真の住吉大社の初詣でには、実はこんな思い出がある。

人波にもまれながら本殿に賽銭を投げ入れようとしたとき、下を向いたら黒革の財布が落ちていた。とっさに拾い、警察官の詰め所へ届けた。警官が財布の中を調べてみると、十余万円の現金と小切手、名刺などが入っている。

「福があったというもんですなあ。一、二割はもらえまっせ」と警官は興奮気味にいう。

しばらく頭がボーッとした。帰ったその日の夕方、落とし主が慌てた様子で訪ねてきた。

玄関から上がるなり、「いい人に拾うてもらいました。財布は着物のたもとに入れてましたが、急いでましたんで気い付いたときは半ばあきらめていました。大丸百貨店で大衆食堂をやってますんで、お出掛けになったら寄って下さい」と、お礼に一万円をいただいた。

いまでは地元の氏神さまに初詣でに行っている。

福があるのは一生に一度あるかないかだろう。偶然の出来ごとだったので夢みたいだった。
一万円は何に使ったのか忘れてしまった。
今より使いでがあったはずだけれど……。

（平成十三年九月二十三日）

新緑の頃にツバメを思う

新緑の季節になると心が弾む。遊歩道をウオーキングしていると木々の緑が鮮やかに目に映える。緑の山はけばけばしさがなく、眺めるだけで自然に触れた気になる。歩いていて葉っぱに向かってつい深呼吸をしてしまう。

この時期、ツバメが巣作りを始める。子供のころは農家の軒下にツバメが巣をかけているのをよく見掛けたものだ。

どの家でもツバメが来ると幸運をもたらすというので、表の戸口を開けて待っていた。

ツバメは泥やわらくずを運んできておわん形の巣を作る。やがてひながかえり、親ツバメはえさをくわえてきては子ツバメに与える。子ツバメは黄色い口ばしをあけて、チーチー鳴き叫んでえさをねだる。

えさをもらうときはどの子ツバメも一斉に鳴き声をあげるが、順番を間違えないで次々平等にやる親ツバメには感心する。

一カ月もたつと子ツバメは大きくなり、親子一緒にどこかへ飛び立って行く。

三年前、近くのクリーニング店の軒下にツバメが巣を作った。親ツバメがえさを運んできてやると子ツバメはにぎやかに鳴き声をあげていた、しばらくたって行って見ると巣がなくなっていた。

店員に尋ねたら、お客さんにふんがかかっては迷惑を掛けるので巣を落としたという。子ツバメはごみ袋に入れて捨ててしまったそうだ。

手立てはいくらでもあったろうに。せめて死んだ子ツバメは土の中に埋めてやればよかったのにと思った。

それ以来、このクリーニング店へ行くのがいやになり店を替えた。
緑が濃くなる頃、ツバメは大切にと田舎で教わったことがふと頭をよぎる。

（平成十三年五月四日）

板ワカメの季節

春になると心がうきうきする。冬の暗いトンネルを抜け出し、外がパッと明るくなるからだろう。

日が長くなり、太陽の恵みを受ける日が多くなる。

草木が芽吹く。冬枯れの木々がいつしか緑の葉に覆われ、新緑が茂る。

ウメが咲き始め、ユキヤナギ、レンギョウ、サクラ、ツツジと花盛りになる。

自然の力には頭が下がる。葉っぱがお日さんに照らされ、ピカッと跳ね返るのを見ていると息吹を感じ、元気をもらう。

この季節になると、毎年、田舎の従弟が日本海で採れた板ワカメを送ってくれる。

新鮮な板ワカメはパリパリしている。それをちぎってご飯に包んで食べると香りがよく、食が進む。

日本海の潮の匂いがぷんと鼻をつく。

物産店には年中板ワカメがあるが、四月が旬。ワカメを袋から出してそのまま放っておくとしおれ、味が落ちる。

しおれたワカメはあぶるとパリッとし、それをほぐしてご飯にパラパラとかけて食べると、香ばしい。

いまはオーブンであぶるので簡単だが、昔は炭火であぶっていた。山の子にはごちそうだった。

ワカメは、めのはともいう。子供のころ、海辺のおばさんが「めのははいらんかね」と一軒一軒売りに回っていた。

ワカメを売りにきたおばさんは縁側に腰をかけ、お茶をすすりながら「安うしときますがね」と商いをする。

あちこち回ってよもやま話などしてもちゃんと金になる商売をして帰って行く。買う方も安くしてもらっている。

今年も板ワカメを心待ちする季節になった。


（平成十四年四月二十日）

ゴロと祖母が重なる

次男が小学校三年生のときだった。学校から帰ってきた夜、犬の絵本や犬の飼い方の本を読んでいる。そのうち柴犬を欲しがるようになり、柴犬の飼い方の本を買ってきて、飼ってくれと毎日ねだった。

いざ飼うとなると、世話が大変だとためらったが、あまり熱心にいうので妻と相談し、夕方の犬の散歩は必ずするようにと、条件付きで柴犬の子犬を買った。雄犬で、ゴロと名付けた。ゴロの散歩は朝に妻が行き、夕方は次男の役目だった。夜は台所のテーブルの椅子につないだ。家族と一緒なので、せめて夜だけでも家の中に入れてやりたかった。

二年もたった頃、次男は何かと理由を付けてゴロの散歩をしなくなった。散歩に行くのに飽きたようだ。長男は気が向けば世話をするが、ほとんど知らん顔をしている。

ゴロは年を重ねていった。家族にはだれにでもよくなつき、〈お手〉や〈お座り〉も覚えた。

老犬になれば人間と同じで、ゴロも足が弱くなり、ぼけてきたのか深夜に鳴き声をあげるようになった。近所迷惑にもなるので、獣医にその話をし、安定剤をもらって飲ませた。

薬の効果があって鳴いても声が小さくなった。食事の量もだんだん少なくなり、手で口に運んでやらないと食べることができない。こんな日が何日か続いた。とうとう食べ物を受け付けなくなった。横たわって私たちの話し声を聞きながらひと呼吸し、目を閉じて死んだ。平成五年十月、十三歳四カ月だった。

そのとき、亡くなった祖母のことがふと頭に浮かんだ。祖母は約四年、寝たきりでぼけてしまった。話し掛けても「どなたさんで」「うちへ帰りたい」とわけの分からぬことを口走っていた。犬も人もぼければ同じだと、つくづく思ったものだ。

（平成十三年五月三日）

机

子供が小学校へ入学する前、机を買った。机を買って子供が喜ぶよりむしろ親の方が満足だった。

2LDKの団地住まいだったので机を置くと部屋の場所をとり、少し狭く感じた。それでも子供の勉強ができる環境が整い、うれしかった。

机の椅子に座って宿題でもしているのかと思えばいつも漫画の本を読んでいる。机の上はいつしか「サザエさん」、「鉄腕アトム」、「ドラえもん」、「天才バカボン」などの漫画が山積みになっていった。

手塚治虫先生のようになりたいというのが子供の願望だった。

勉強する所は学校で家へ帰れば自由時間だという。童話の本でも読んだらどうかと童話を勧めれば漫画の方が面白いと一向に耳を貸さない。

私も小学生の頃は漫画の本をよく読んだ。机を買おうにもなかなか手に入らない時代で、机で勉強できるのは学校だけだと思っていた。

宿題やテスト前の勉強は卓袱《ちゃぶ》台を使い、冬はコタツだった。

学校では自分の机が備えてある。どの机も先輩から引き継いだもので、なかには落書きがしてあるものもあってそれを消すのが大変だった。

面白くない授業を終業のベルが鳴っても続けていたり、昼食時間になると机をガタガタさせ音を立てて早く終わるように先生に催促する。

それに反発して授業を終えるのをわざと遅らせる先生もいた。

「あの先生は授業が終わるのがいつも遅いなあ」と後で悪口をいう。それが先生の耳に入ろうものなら職員室に呼び出され、こっぴどく叱られた。

いまではデパートに立派な机が並べてある。うちの机は物置に納まっている。

（平成十四年七月二十七日）

虫の音が郷愁を誘う

初秋だ。虫の鳴き声が聞こえるようになった。昼間の残暑はどこかへいってしまった。裏の草叢で虫の合唱が始まっている。ぼやっと耳を傾ける。まるで子守歌を聞いているようだ。しばらく目を閉じているとまって眠ってしまうことさえある。
虫の音は郷愁を駆り立てる。昔よく歌った童謡を口ずさみたくなってくる。「里の秋」が好きだ。

〽しずかな　しずかな　里の秋

おせどに木の実の　落ちる夜は
ああ母さんと　ただ二人
栗の実　煮てます　いろりばた

子供が幼少のときにコオロギを捕りに行ったことがある。虫かごに十匹も捕ったらもうよいだろうと思ったが、子供は「たったこれだけか」と満足せず「もっと捕まえる」とはしゃいでいた。とうとう何十匹も捕ったことを思い出した。

秋の夜は何となくしんみりとして落ち着いた気持ちになる。

数十年も前のことだ。友人がこんな話をしたことがある。孵化させて大切に育てたスズムシを友達の家の庭に放した。ところが、そこの親父さんが、鳴き声がうるさくて眠れないという。せっかく持って行ったスズムシをとうとう親父さんが追っ払ってしまったそうだ。
虫の声を楽しんでいる人ばかりではない。人さまざまだ。
ソファでごろっと仰向けになっていると網戸越しに夜風が入って涼しい。
虫が盛んに鳴いている。

（平成十四年八月三十日）

あとがき

定年退職したら毎日が休日で、生活のリズムが狂いました。それまで定年後の過ごし方の本を読みましたが、いざ定年になってみると落ち着きません。定年後は自由な時間が持てると、定年になるのを待ち焦がれていたのに当分の間、虚無感がありました。

そんなとき、これからは健康が第一とウオーキングを始めました。そのお陰で自然と触れ合い、汗をかき、頭の中は空っぽになりました。

もともと捨て犬や捨て猫の世話は妻がしてきました。私は、犬、猫が好きでも嫌いでもありません。

それが同じ屋根の下で生活していると、情にほだされ、エサをやるなどの世話をしているうちに可愛くなります。いままでより、よけい手を掛けるようになりました。

動物や鳥はみな純真で、正直なところが好きです。うちにはいまプードルのカリーしかいません。夫婦とも年を重ねて世話が大変になり、責任もあるのでカリーで犬猫を飼うのは終わりにしようと思っています。

さて、頭の体操もしなくてはなりません。堺市の泉ヶ丘にある文章教室に通い始めてから四年たちました。

月に二回、講義があります。毎回、課題を出され、八百字書いた原稿が一人、一人読み上げられ、それを講師が批評します。

このエッセイはこれまで書いてきたものから選りすぐって文芸社に出品、出版されたものです。

出版に当たり、お世話になった方々に心から感謝致します。

平成十七年冬

広沢　茂保

著者プロフィール

広沢 茂保（ひろさわ しげやす）

昭和12年、島根県生まれ
関西学院大学卒業
朝日新聞大阪本社勤務、平成9年10月に定年退職

福の思い出

2005年4月15日　初版第1刷発行

著　者　広沢 茂保
発行者　瓜谷 綱延
発行所　株式会社文芸社
〒160-0022　東京都新宿区新宿1－10－1
電話　03-5369-3060（編集）
03-5369-2299（販売）

印刷所　図書印刷株式会社

ISBN4-8355-8899-1
日本音楽著作権協会（出）許諾第0500793-501号